I Dad,

Meistr y Jôc Sâl

Cyhoeddwyd gan Rily Publications Ltd, Blwch Post 20, Hengoed CF82 7YR

Hawlfraint yr addasiad © 2013 Rily Publications Ltd
Addasiad Cymraeg gan Luned Whelan

ISBN 978-1-84967-155-2

Hawlfraint y testun a darluniau © 2011 Alex T. Smith
Cyhoeddwyd yn wreiddiol yn Saesneg fel *Claude on Holiday*
gan Hodder Children's Books, argraffnod o Hachette Children's Books,
un o gwmnïau Hachette UK.

Ffrwyth dychymyg yw holl gymeriadau'r cyhoeddiad hwn,
a chyd-ddigwyddiad yn unig yw unrhyw debygrwydd i bobl o gig a gwaed.
Argraffwyd a rhwymwyd ym Mhrydain gan Clays Ltd, St Ives plc.
Mae'r papur a'r cardfwrdd a ddefnyddir yn y cyhoeddiad hwn yn ddeunydd
ailgylchadwy naturiol a gynhyrchwyd o bren o goedwig gynaladwy.
Mae'r broses gynhyrchu'n cydymffurfio â rheoliadau amgylcheddol y DG.

RILY

www.rily.co.uk

CLEM

ar Wyliau

ALEX T. SMITH

Addasiad Luned Whelan

Yn 112 Clos Cynffon,
y tu ôl i ddrws ffrynt uchel
ac arno glamp o gnociwr
mawr pres, mae Clem yn byw.

A dyma fe nawr.

Ci ydy Clem.
Ci bach ydy Clem.
Ci bach crwn
ydy Clem.

Ci bach crwn
ydy Clem, ac
mae e'n gwisgo
beret a siwmper
goch, hyfryd.

Mae Clem yn byw yn ei gartref gyda
dau berson sy'n rhy dal i ffitio ar y
dudalen hon. Mr a Mrs Sgidiesgleiniog
ydy eu henwau, ac mae ganddyn nhw
esgidiau sgleiniog iawn a phigyrnau twt.

Bob bore, a Clem yn dal yn glyd yn ei
wely, mae Mr a Mrs Sgidiesgleiniog
yn rhuthro o gwmpas y tŷ,
yn paratoi i fynd i'r gwaith.

Weithiau mae Clem yn eu gwylio
â'i lygaid pefriog, ac weithiau
mae e'n smalio cysgu.

Yna, am hanner awr
wedi wyth ar ei ben, mae
Mr a Mrs Sgidiesgleiniog yn
gwisgo'u cotiau. 'Bydd yn gi
da, Clem,' maen nhw'n dweud
wrtho. 'Welwn ni di'n nes ymlaen!'
Ac i ffwrdd â nhw i'r gwaith.

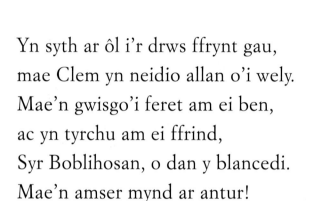

Yn syth ar ôl i'r drws ffrynt gau,
mae Clem yn neidio allan o'i wely.
Mae'n gwisgo'i feret am ei ben,
ac yn tyrchu am ei ffrind,
Syr Boblihosan, o dan y blancedi.
Mae'n amser mynd ar antur!

Syr Boblihosan

I ble fydd Clem a
Syr Boblihosan yn
mynd heddiw, tybed?

Un bore, cafodd Clem syniad gwych.

'Dwi'n credu yr af i ar fy ngwyliau!' meddai.

Penderfynodd Syr Boblihosan fynd hefyd, achos roedd e wedi bod yn reit brysur yn ddiweddar, ac roedd angen hoe fach arno.

Doedd Clem erioed wedi bod ar wyliau o'r blaen, felly doedd ganddo fawr o syniad beth i'w wneud. Tybiodd y byddai'n syniad da i fynd â phob math o bethau diddorol gydag e, rhag ofn y bydden nhw'n ddefnyddiol.

Felly tynnodd y cês dillad allan o dan ei wely a dechrau pacio.

Rhoddodd sawl pâr o bants yn y cês, a thambwrîn. Eli haul oedd nesa, ac yna chwistrell hufen parod. Ychwanegodd orchudd lamp, tâp gludiog ac ychydig o frechdanau fflat yr olwg.

15

I'R DDINAS

I'R PARC

I'R YSBYTY

I LAN Y MOR

Yna caeodd Clem y cês yn glep
a chychwyn am lan y môr,
gyda Syr Boblihosan yn
hercian y tu ôl iddo.

17

Roedd hi'n brysur iawn ar lan y môr.
Roedd pobl yn torheulo ac yn
eistedd yn eu cadeiriau traeth,
a'r lle'n llawn o blant yn chwarae
a gweiddi dros bob man.
Roedd pawb fel petaen
nhw'n gwisgo'u dillad isaf!

Gorweddodd Syr Boblihosan
ar ei dywel, rhoi ei sbectol
haul ar ei drwyn a chwympo
i gysgu'n syth bìn.

Meddyliodd Clem y byddai'n well
iddo wisgo fel pawb arall. Agorodd
ei gês, tynnu pâr o bants allan,
a'u rhoi amdano.

Yn anffodus, roedd y pants yn
perthyn i Mr Sgidiesgleiniog,
ac yn llawer rhy fawr i Clem!

Crafodd ei ben am eiliad,
gan feddwl sut y gallai eu cadw
rhag disgyn i lawr. Cofiodd yn
sydyn am y tâp gludiog roedd
e wedi'i bacio . . .

21

22

A, dyna welliant!

Roedd hi'n ddiwrnod braf o haf.
Roedd Clem yn ffansïo cael lliw
haul, ond gwyddai y byddai'r haul
tanbaid yn ei losgi os nad oedd yn
ofalus. Er ei fod yn hoff o'r lliw
pinc, gwyddai na fyddai hynny'n
gweddu i'r papur wal gartre.

Yn bellach ar hyd y traeth, gwelodd
ddyn yn chwistrellu hufen dros
ei gorff i gyd. Penderfynodd Clem
wneud yr un fath. Tynnodd ei eli
haul a'r chwistrell hufen parod
o'r cês, a bwrw ati.

25

I ddechrau, taenodd eli haul
drosto'i hun, o'i drwyn smwt
hyd at flaenau ei esgidiau call.
Rhwbiodd e ar ei groen yn ofalus
iawn. Yna cydiodd yn y chwistrell
hufen parod a'i ysgwyd. Gwasgodd
glamp o lwmp o ewyn ar dop ei feret.

Nawr roedd Clem yn barod
i ddechrau cael hwyl.

Ond cyn iddo allu cerdded yn
dalog ar hyd y traeth yn ei bants
nofio newydd, clywodd floedd yn
dod o gyfeiriad y môr.

Trodd Clem yn chwim, a syllu
i gyfeiriad y sŵn. Gwaeddodd
mewn braw!

Roedd dyn yn sblasio'n wyllt
yn y dŵr – a'r tu ôl iddo roedd
siarc anferth!

Edrychodd Clem o gwmpas am
y swyddog achub bywyd. Roedd
e a Syr Boblihosan wedi gweld
rhaglenni teledu am achosion brys
tebyg i hwn. Roedd e'n gwybod
y dylai'r swyddog blymio i'r
dŵr i helpu'r dyn.

Ond wnaeth e ddim. Roedd e'n rhy brysur yn helpu menyw gyda'i pheli traeth.

Twt-twtiodd Clem a rholio'i lygaid.
Yn ddiffwdan, estynnodd o dan ei
feret, gafael yn ei fandiau nofio a'u
gwisgo. Yna rhedodd at y môr a
phlymio i ganol y tonnau.

Roedd Clem wedi ennill gwobrau am nofio, felly fuodd e ddim yn hir cyn cyrraedd y dyn oedd mewn trafferth.

Tapiodd Clem asgell y siarc
anferthol a chlirio'i lwnc.
'Dyw bwyta pobl ddim yn beth
neis iawn i'w wneud,' meddai
wrth y siarc. 'Mae brechdan
asgwrn yn llawer mwy blasus.'

Ac estynnodd am y frechdan
asgwrn flasus oedd o dan
ei feret.

I ddechrau, roedd golwg syn ar y
siarc. Ond yna roedd golwg fodlon
iawn arno. Cydiodd yn ofalus yn y
frechdan asgwrn blasus â'i ddannedd
mawr siarcaidd, a nofio i ffwrdd
yn bysgodlyd o hapus.

'Daliwch yn fy nghynffon, plis,'
meddai Clem wrth y dyn
a fu mewn trafferth,
a nofiodd y ddau i'r
lan yn ddiogel.

Roedd y bobl ar y traeth wedi
bod yn gwylio'n ofalus, ac wedi'u
syfrdanu gan ddewrder Clem.
Pan sblasiodd Clem yn ôl i'r lan
gyda'r dyn, bloeddiodd y dyrfa.

'HWRÊ!' gwaeddodd pawb.

Pawb heblaw Syr Boblihosan –
roedd e'n dal i gysgu'n drwm
ar ei dywel.

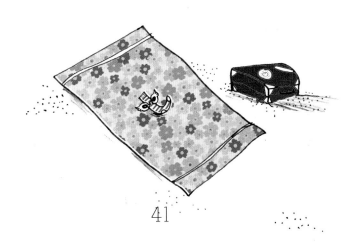

Ar ôl yr holl gyffro, roedd Clem yn dechrau teimlo'n llwglyd. Wedi'r cyfan, roedd hi bron yn un ar ddeg o'r gloch.

Fel arfer, byddai e a Syr Boblihosan yn cael paned o de a tharten jam am un ar ddeg. Ond gan ei fod ar ei wyliau heddiw, roedd ar Clem awydd rhywbeth mwy egsotig – hufen iâ, o bosib.

Penderfynodd Clem brocio
Syr Boblihosan i'w ddeffro,
ac aeth y ddau i'r siop
gyda'i gilydd.

Roedd y siop yn llawn pobl o Ffrainc,
oedd wedi dod ar eu gwyliau i lan y môr.

Roedden nhw i gyd yn siarad Ffrangeg.

Oh! Un petit chien!
*O! Ci bach!

45

'Wrth gwrs!' meddyliodd Clem.
'Ar wyliau, rhaid i chi siarad iaith wahanol.'

Penderfynodd Clem ddynwared y bobl. Tynnodd ei lyfr geirfa allan o dan ei feret a gofyn am ddau hufen iâ, gan obeithio ei fod e'n siarad Ffrangeg.

Doedd y siopwr ddim fel petai e'n ei ddeall, felly rhoddodd Clem gynnig arall arni – ychydig yn uwch y tro hwn.

*Excusez-moi, oes geeda chi une glace â blàs asgwrn 'yfryd?

*Roedd Clem yn gobeithio bod hyn yn golygu
'Esgusodwch fi, oes gyda chi hufen iâ blas asgwrn hyfryd?'

Roedd y dyn y tu ôl i'r cownter wedi drysu'n lân, felly penderfynodd roi tri hufen iâ enfawr, cylch rwber a baner fawr i Clem – a hynny'n rhad ac am ddim!

Aeth Clem a Syr Boblihosan allan o'r siop yn sglaffio'u hufen iâ, gan deimlo'n fodlon iawn.

49

Ar ôl gorffen eu danteithion canol bore, dechreuodd Clem feddwl beth arall y gallen nhw ei wneud ar y traeth. Edrychodd o'i gwmpas a gweld plant yn codi cestyll tywod.

Roedd y plant yn amlwg yn mwynhau, felly penderfynodd Clem godi castell hefyd. Daeth Syr Boblihosan i ymuno yn yr hwyl.

Ymhen rhyw awr, roedd Clem
wedi gorffen codi ei gastell tywod.
Roedd e wrth ei fodd.

Edrychodd draw ar gynnig
Syr Boblihosan . . .

'Mae rhai pobl yn hoffi tynnu sylw atyn nhw eu hunain,' snwffiodd Clem.

53

Yna sylwodd ar rywun â chlipfwrdd
yn edrych yn ofalus ar yr holl
gestyll tywod. Bu'n syllu ar un
Syr Boblihosan am amser hir.

Heb yn wybod i'r ddau, roedden nhw wedi cymryd rhan mewn cystadleuaeth codi cestyll – a chipiodd Syr Boblihosan y wobr gyntaf! Enillodd bâr o fflip-fflops smart. Rhoddodd Clem nhw o dan ei feret i'w cadw'n ddiogel.

Roedd Clem a Syr Boblihosan yn ymlacio ar eu tywel pan welson nhw griw o bobl ddiddorol yr olwg yn cerdded tuag atyn nhw.

'Arrrrrrrrrrr!' meddai'r arweinydd, gan lyfu loli iâ. 'Rydyn ni'n chwilio am drysor, o ie, ha-haar!'
A chwifiodd fap trysor o dan drwyn Clem. 'Wnei di'n helpu ni,'rhen fêt? Harri Hwylbren ydw i, a dyma fy nghriw, Bobi Bwcedbrwnt ac Undeg Unllygeidiog.'

Roedd Syr Boblihosan, oedd
yn gwybod am bethau o'r fath,
yn credu efallai mai môr-ladron
oedden nhw.

Ond roedd Clem yn meddwl bod
chwilio am drysor yn swnio'n dipyn
o hwyl, felly nodiodd yn gwrtais,
pacio'i gês a dilyn Harri Hwylbren
at lan y môr.

Roedd llong fôr-leidraidd yr olwg
o'r enw Helgi'r Heli yn dawnsio'n
llon ar y tonnau.

Roedd Syr Boblihosan
yn amheus iawn ynghylch
yr holl fenter.
Yn y gorffennol,
roedd e wedi
dioddef o salwch
môr – ond
penderfynodd
ddilyn Clem 'run fath.

Heli

Yn ôl y map, roedd clamp
o gist fawr yn llawn trysor
wedi'i chuddio yn rhywle
ar ynys gyfagos –
Ynys y Benglog.

Tasgodd Clem a'r môr-ladron
trwy'r dŵr fel y gwynt. Roedd
Syr Boblihosan yn meddwl
bod y môr yn beth sigledig
ar y naw. Treuliodd y rhan fwyaf
o'r fordaith yn gorwedd mewn
caban gyda darnau o giwcymbr
dros ei lygaid.

Ymhen ychydig funudau,
cyrhaeddon nhw'r ynys a
dechrau chwilio am y trysor.

Aeth Clem, Syr Boblihosan
a'r môr-ladron ati i chwilio:

o dan greigiau,

66

y tu ôl i goed palmwydd,

ac mewn tyllau, ond doedd
dim golwg o'r trysor yn unman.

67

Yr unig le oedd ar ôl i chwilio
oedd o dan lythyren 'X' anferth
wedi'i ffurfio o gerrig ar y tywod.
Roedd Clem yn meddwl y byddai
hwn yn lle da i balu.

Dechreuodd Harri Hwylbren
balu a phalu. Dechreuodd Bobi
Bwcedbrwnt balu a phalu.
Dechreuodd Undeg Unllygeidiog
balu a phalu. Gwyliodd Clem a
Syr Boblihosan nhw, gan bwyntio
a rhoi cyngor.

Cyn hir, clywyd sŵn CLANC!
byddarol. Rhoddodd y sŵn ben tost
i Syr Boblihosan a gwneud i glustiau
Clem grynu.

Edrychodd Clem a Syr Boblihosan
i waelod y twll dwfn, tywyll . . .

'HWRÊ!' gwaeddodd pawb.

Roedden nhw wedi dod
o hyd i'r trysor!

Ar unwaith, dechreuon nhw dynnu'r gist allan o'r twll a brysio'n ôl am y llong. Ond cyn iddyn nhw fynd yn bell iawn, dyma rhyw lais yn gweiddi!

73

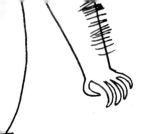

'O na!' gwaeddodd Harri Hwylbren. 'Dilys Ddrwg, y fôr-ladrones ddrygionus sy 'na, a'i chriw o ddihirod! Rhedwch!'

Felly dechreuodd Clem, Syr Boblihosan, a chriw *Helgi'r Heli* redeg, ond . . .

O NA! Baglodd Clem.

Roedd y criw o ddihirod o'u cwmpas ym mhobman.

Teimlodd Clem chwys yn cronni o dan ei goler. Gallai Syr Boblihosan glywed ei galon yn curo yn ei glustiau.

Cerddodd Dilys Ddrwg yn haerllug draw at gês Clem, a busnesa y tu mewn iddo.

Edrychodd ar y gorchudd lamp,
edrychodd ar y tambwrîn, edrychodd
ar y chwistrell hufen parod.

'Hmmm . . .' meddai.

'Capten,' meddai un o'r môr-ladron drygionus. 'Mae angen gorchudd lamp newydd ar fwrdd ein llong, on'd oes? Rwy'n credu eich bod chi wedi gwisgo'r un ddiwethaf fel het a'i cholli.'

Nodiodd Dilys Ddrwg yn ara deg.

'Ac yn sicr gallen ni wneud â thambwrîn newydd,' dywedodd morwr drygionus arall, 'achos defnyddioch chi'r un diwethaf fel hambwrdd ar gyfer te prynhawn a'i golli.'

Nodiodd Dilys Ddrwg eto.

'A gallen ni wneud y tro â chwistrell hufen parod arall,' meddai'r morwr drygionus cyntaf, 'achos aethoch chi â'r un diwethaf ar bicnic a'i –'

'Ie, ie, 'na ddigon!' arthiodd Dilys Ddrwg.

Gwyliodd y môr-ladron eraill mewn tawelwch wrth i Dilys Ddrwg wgu, gan edrych ar y gist drysor, yna ar y cês, ac ar y gist eto. Sniffiodd un o'r brechdanau fflat yr olwg.

'Rydw i'n cynnig cyfnewid ein cist drysor ni am eich cês llawn pethau diddorol a defnyddiol chi!' meddai. 'Cytuno?' gofynnodd, gan estyn ei llaw i Clem ei hysgwyd.

Edrychodd Clem ar Harri
Hwylbren ac edrychodd
Harri Hwylbren ar
Clem. Yna nodiodd
Clem yn gwrtais ar
Dilys Ddrwg ac
ysgwyd ei
llaw.

Cyn i'r môr-ladron drygionus gael cyfle i newid eu meddwl, cododd Bobi Bwcedbrwnt y gist drysor ar ei ben, a sgathrodd criw *Helgi'r Heli* yn ôl i'w llong.

'Hwrê i Clem!' gwaeddodd
y môr-ladron. 'Hip hip, hwrê!'

Syllodd Clem ar ei draed a gwrido.
Ymgrymodd Syr Boblihosan yn isel.

'Nawr 'te,'rhen fêt!' ebychodd
Harri Hwylbren, wrth iddo agor
y gist a phlymio'i ddwylo i ganol
y darnau aur . . . 'Pam na wnei di
a Syr Boblihosan ymuno â ni am
byth ar *Helgi'r Heli*? Byddech
chi'n helwyr trysor penigamp,
byddech wir!'

Ond roedd Clem yn dechrau blino –
doedd e erioed wedi dychmygu
y byddai'r busnes gwyliau 'ma
mor gyffrous. Felly ffarweliodd
Syr Boblihosan ac yntau â'r criw,
a chychwyn am adre â beret oedd
yn ORLAWN o drysor.

Y noson honno, pan gyrhaeddodd
Mr a Mrs Sgidiesgleiniog adre
o'r gwaith, roedd tywod dros
y tŷ ym mhob man. Ac roedd
Mrs Sgidiesgleiniog yn siŵr ei bod
hi'n medru arogli gwymon.

'O ble yn y byd ddaeth yr holl drysor
'ma?' holodd Mr Sgidiesgleiniog,
gan frathu un o'r darnau aur i weld
a oedd e'n un go iawn.

'Wn i ddim,' atebodd
Mrs Sgidiesgleiniog. 'A dwi ddim yn
mynd i fentro gofyn pam mae 'na bâr
o dy bants di fan hyn, yn dywod i gyd!'

Smaliodd Clem a Syr Boblihosan
eu bod yn cysgu. Eu cyfrinach
fach nhw fyddai hon.

Geiriau Ffrangeg Diddorol a Defnyddiol
a allai fod o help i chi y tro nesa
y byddwch chi'n mynd i lan y môr:

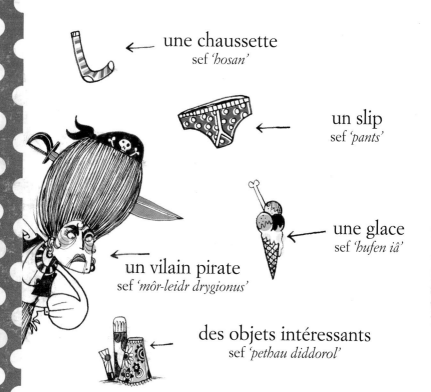

une chaussette
sef *'hosan'*

un slip
sef *'pants'*

une glace
sef *'hufen iâ'*

un vilain pirate
sef *'môr-leidr drygionus'*

des objets intéressants
sef *'pethau diddorol'*

A chofiwch chwilio am Clem
a Syr Boblihosan. Wyddoch chi
byth ble welwch chi nhw nesa!